ÉPITRE

A

M. AIMÉ PARIS,

PAR

CHARLES DE R.......

Ut nubila Phœbus.

METZ,

CH. DOSQUET, IMPRIMEUR DU ROI,
RUE COUR-DE-RANZIÈRES, N° 2.

1829.

ÉPITRE

A

M. AIMÉ PARIS.

ÉPITRE

EN VERS

A

M. AIMÉ PARIS,

PAR

CHARLES DE R.......

Ut nubila Phœbus.

METZ,

CHEZ TOUS LES LIBRAIRES.

1829.

L'Auteur, en composant rapidement cette Épître, a voulu qu'elle eût au moins le mérite de l'à-propos : cette circonstance lui semble de nature à désarmer une critique trop sévère.

C. R.

ÉPITRE

A

M. AIMÉ PARIS.

PHILOSOPHE modeste, esprit observateur,
Qui portes le flambeau dans la nuit de l'erreur,
Et d'un art que long-temps on crut imaginaire
Par tes travaux heureux savant dépositaire;
Toi qui, si jeune encor, pénétrant ses secrets,
As su de la raison accroître les progrès,

Permets qu'à tes lauriers j'ajoute une couronne;
Témoignage imparfait du cœur qui te la donne,
Du moins il est sincère, il peut être accepté :
Un hommage au talent est toujours mérité.

De ceux qui t'ont connu le langage est le même;
Ma voix est leur écho, chacun t'admire et t'aime.
S'il en est parmi nous que des succès brillans
N'ont pas récompensés, malgré tes soins constans,
Certe, ils ne pensaient pas, accueillant ta promesse,
Que, semblable à ce fou qui vendait la sagesse,
De ton art merveilleux tu leur ferais présent;
Du moins ils ont reçu la clef de ton talent.

Cependant, tu le sais, à nuire toujours prête,
L'envie a fait siffler ses serpens sur ta tête;
Contre toi la satyre a décoché ses traits,
Eh! quel est le talent qui n'en reçut jamais?...

Mais, sans en être atteint, tu poursuis ta carrière,
Et de la vérité l'égide tutélaire
Te protége et t'assure un triomphe plus beau.
Ce qui doit te flatter, et qui semble nouveau,
Tous ceux qui de ton art refusent l'existence,
De ses secrets puissans n'ont nulle connaissance;
Un bandeau sur l'esprit ils veulent raisonner,
Et sans pouvoir juger ils osent condamner.
De quel droit ira-t-il accuser la nature,
Du monde pourra-t-il admirer la structure,
Le malheureux privé de la clarté des cieux?
Otez-lui le bandeau qui lui couvre les yeux,
Vous le verrez alors, dans sa reconnaissance,
Du Dieu de l'univers célébrer la puissance.

Mais en vain leur orgueil veut entraver tes pas,
Tu les entends crier et ne leur réponds pas :
Va, laisse s'agiter la critique et l'envie,
La satyre des sots honore le génie;

Et, sans être par eux un instant arrêté,
Avec la même ardeur poursuis la vérité..

Lorsque l'on voit l'esprit se former et s'étendre,
Et que de la raison nous cherchons à comprendre
Les magiques ressorts par lesquels elle agit,
Nous voulons ignorer le fil qui nous conduit
Dans le dédale obscur où se perd la mémoire.
On guide notre esprit... Et pourquoi ne pas croire
Qu'à la mémoire on peut indiquer un chemin,
Et guider sûrement son cours trop incertain?
Comme les facultés de notre intelligence,
Pourquoi n'a-t-elle pas son art et sa science?
Plus qu'une autre peut-être il faut la diriger :
Comme l'amant de Flore elle aime à voltiger
Autour de mille fleurs; d'une aîle indépendante
Elle effleure en passant l'objet qui se présente,
Et, se posant partout, ne reste nulle part;
Son guide est le caprice, et sa loi le hasard.

Et qui pourrait jamais nier son importance?
Ils avaient bien compris sa féconde puissance,
En faisant la Mémoire une Divinité,
Ces Grecs dont la sagesse a jadis inventé
Qu'aux muses Mnémosyne avait donné naissance :
Muses, présent des cieux, charme de l'existence,
Vous qui savez de l'homme adoucir les douleurs,
Qui, sur ses pas errans faisant naître les fleurs,
Le bercez mollement au milieu des orages;
Et, l'arrachant vivant aux terrestres rivages,
Le portez au séjour de la félicité,
En couronnant son front de l'immortalité;
Muses, quand Jupiter vous accorda la vie
Pour mère Mnémosyne avait été choisie.

Sur l'homme, en le créant, répandant ses bienfaits
Et des dons de l'esprit le dotant pour jamais,
Dieu voulut qu'il apprît à régler leur usage :
L'homme, de la raison obtenant le partage,

Eut le droit exclusif d'étendre, d'agrandir
Ces facultés que Dieu voulut lui départir.
Bientôt il réussit : aux besoins de la vie
Exerçant son esprit, il trouva l'industrie :
Il apprit à penser, à comprendre, à juger;
L'esprit fit sa logique et sut se diriger.

Cependant un seul don reçu de la nature
Trop long-temps parmi nous est resté sans culture;
Sans chercher ses ressorts et sans l'analyser,
Les hommes, bien ou mal, s'efforçaient d'en user :
Nuls moyens pour l'aider; aussi, souvent rebelle,
N'étant de notre esprit qu'un organe infidèle,
La mémoire marchait d'un pas capricieux,
Tantôt se dérobant, échappant à nos vœux,
Tantôt, suivant son gré, se montrant plus docile.
Chacun la regardait comme un terrain fertile
Qui, sans art et sans soins, doit nous donner des fruits,
Mais dont l'homme ne peut augmenter les produits.

Aristote long-temps épuisa son génie
A cultiver les champs de la philosophie;
Guidés par la raison, ses travaux assidus,
Découvrant de l'esprit les sentiers inconnus,
A son nom immortel ont attaché la gloire.
D'où vient qu'à ses regards échappe la mémoire?
Du travail de l'esprit c'est un moteur puissant,
Dont l'absence détruit l'art du raisonnement.

Enfin, à Tusculum étudiant notre être,
Cicéron le premier a paru reconnaître
De cette faculté les ressorts ignorés :
Il les vit, mais à peine il nous les a montrés.

Long-temps après, Bacon, du fond de l'Angleterre
Jetant sur la raison une vive lumière,
Voulut analyser le don du souvenir :
Il conçut par quel art on pourrait l'agrandir,

Nous montra le chemin, nous ouvrit la carrière.
Depuis, Locke et Leibnitz, Tracy, La Romiguière,
D'un art, enfant encor, secondant les progrès,
Ont compris sa nature et prévu ses succès :
Il grandit chaque jour, il se forme, il avance;
Et leurs soins protecteurs préparent sa puissance.

Peu de temps avant toi, Fenaigle avec ardeur
De cet art, après eux, sonda la profondeur :
En principes certains le premier il l'ordonne,
Le soumet à l'esprit, avec soin le raisonne;
Puis enfin au public il ose le montrer;
Mais ses efforts en vain tentent de l'éclairer :
D'un langage nouveau la raison coutumière
Ne comprit pas le sens, ne vit pas la lumière;
Le sarcasme mordant fut son unique accueil,
Et pour la vérité ne trouvant qu'un écueil,
Fenaigle n'osa plus nous la faire comprendre.
Mais cet art, il est vrai, qu'il voulait nous apprendre,

Des langes de l'enfance encore embarrassé,
Sous un informe aspect nous était exposé :
Il devait se former et se polir encore.

Ces germes par tes soins plus tard devaient éclore;
Sur ces essais grossiers tu fixes ton esprit :
Par toi mieux raisonné, cet art se reproduit,
Prenant entre tes mains une forme nouvelle;
Elaboré long-temps il se livre à ton zèle :
Aux esprits qui doutaient la vérité répond,
Et des lauriers flatteurs ont couronné ton front.
Par ta voix aisément elle se fait entendre;
Mais tes travaux heureux, ton ardeur pour répandre
De tes principes sûrs les germes fécondans
Ont cependant encore, et malgré tes talens,
Rencontré quelquefois des esprits incrédules;
En vain ta raison cherche à lever leurs scrupules :
S'ils ne veulent pas voir, qu'ils restent dans l'erreur;
Mais que du moins leurs traits n'arrêtent ton ardeur.

Regarde ce Génois dont la course lointaine
Conquit sur ses vaisseaux la rive Américaine :
En vain de cour en cour aux Rois il veut offrir
Le monde que bientôt il devait découvrir ;
Il dévore long-temps le refus et l'outrage;
Isabelle l'écoute, accueille son courage,
Par une femme enfin son génie est compris :
Il part ; de ses efforts un monde fut le prix.

Cependant chaque jour voit croître ton cortége :
Du matin jusqu'au soir on t'entoure, on t'assiége,
Le désir de t'entendre égalise les rangs:
Jeunes et vieux, chacun se remet sur les bancs ;
Et voulant à tout prix avoir de la mémoire,
Un essaim de beautés orne ton auditoire.

A la voix du savant, du jeune professeur
S'éloignent par degrés et le doute et l'erreur.

Ton art nous semble à tous agréable, solide;
Si des combinaisons parfois la marche aride
Paraît pour un instant rebuter notre esprit,
Par un propos heureux le tien nous divertit :
Tu fais naître des fleurs où d'autres moins habiles
Ne verraient sous leurs pas que des sentiers stériles;
Et chacun aisément pénétrant tes secrets,
S'étonne, en s'amusant, de faire des progrès.

Philosophe modeste, avance avec courage;
Crois-moi, la gloire un jour deviendra ton partage;
Ton nom, trop jeune encor, saura la conquérir :
Elle aime à s'attacher à qui sait la servir,
Et si par tes lauriers l'envie est réveillée,
Souviens-toi de Colomb, et pense à Galilée.

NOTES.

NOTES.

Vers 1.

« Philosophe modeste, esprit observateur...

M. Aimé Paris est, comme on sait, Professeur de Mnémotechnie, ou art d'aider la mémoire (μναομαι, je me souviens, et τεχνη art). Il s'est adonné de bonne heure à cette étude, et a obtenu de ses travaux les résultats les plus heureux. Il est des gens qui s'obstinent à le regarder comme un prodige de mémoire, lorsqu'il est constant que ce n'est que de sa méthode seule qu'il a su retirer d'aussi grands avantages, et l'on ne doit pas s'en étonner quand on a vu avec quelle ingénieuse facilité ce jeune Professeur l'applique aux sujets les plus opposés; il est vrai que M. Paris est doué d'un esprit d'observation, de pénétration, que la nature accorde rarement : sa mémoire, nous assure-t-il, ne serait que fort ordinaire sans le secours de sa méthode. Il n'en est pas l'inventeur; mais c'est presque inventer que de perfectionner ainsi. Sa modestie lui fait souvent citer avec honneur M. de Fenaigle qui, le premier, tenta les chances du professorat; mais M. Paris a su donner à cette méthode tant d'extension, la présenter sous des formes si nouvelles, sous des aperçus si variés, et son ardeur à la propager est si infatigable, que ce n'est qu'à lui seul qu'il faut en attribuer les succès.

Vers 11.

« De ceux qui t'ont connu le langage est le même...

Je ne crois pas avoir à craindre aucune contradiction de la part des personnes qui ont assisté aux séances de M. Paris.

Vers 18.

« Du moins ils ont reçu la clef de ton talent...

C'est le seul but qu'a dû se proposer M. Paris : il n'a jamais prétendu nous donner de la mémoire, mais nous indiquer des moyens certains de la faciliter et de la diriger plus sûrement.

Vers 19.

« Cependant, tu le sais, à nuire toujours prête,
« L'envie a fait siffler ses serpens sur ta tête...

Ces vers n'ont aucune application particulière : c'est surtout au début de son professorat que M. Paris a éprouvé quelques désagrémens.

Vers 27.

« Tous ceux qui de ton art refusent l'existence...

C'est un fait bien positif que ceux qui combattent cette méthode, à l'exception cependant de quelques idéologues, tels, par exemple, que M. de Salgues, sont justement ceux qui ne veulent pas la connaître, et qui en ignorent totalement le mécanisme.

Vers 38.

« Tu les entends crier et ne leur réponds pas...

M. Paris nous a assuré qu'il avait pris ce parti, et nous l'a conseillé à tous. J'ai de la peine à croire qu'il ait dit vrai : il est trop pénétré de la vérité de ses principes pour ne pas chercher à répondre, et il a trop d'esprit pour ne pas le faire toujours victorieusement.

Vers 100.

« D'où vient qu'à ses regards échappe la mémoire?...

Aristote, dans ses nombreux ouvrages, ne dit pas un mot de cette faculté.

Vers 102.

« Dont l'absence détruit l'art du raisonnement...

Peut-être est-il quelques personnes qui pensent franchement qu'on peut raisonner sans mémoire?... Admettons l'hypothèse; quelque forte qu'elle soit, d'un homme entièrement dénué de cette faculté. Pourra-t-il parler?... Mais pour parler, il faut toujours un peu raisonner, fort peu, si vous voulez. Pour raisonner, l'esprit cherche d'abord les rapports entre les idées, la mémoire les retient et les transmet au jugement qui les compare. Une idée suppose déjà de la mémoire, car c'est l'impression qu'y laissent les rapports des objets. L'esprit consistant à saisir ces rapports sous leurs différentes faces, et le raisonnement ceux qui existent entre les idées, il est évident que sans la mémoire qui retient ces rapports, on ne pourra ni raisonner, ni *parler*. Toutes ces facultés sont liées si intimement entr'elles, que l'absence de l'une détruit entièrement les autres. Ainsi notre personnage, privé du don de la mémoire, ne sera même pas une brute; ce sera tout au plus une masse agissante à laquelle le hasard seul pourra donner une impulsion.

La mémoire est donc indispensable pour raisonner. Certainement on peut parfaitement bien raisonner et n'avoir que fort peu de mémoire; mais on en a toujours. Jean-Jacques en est une preuve.

Vers 107.

« Long-temps après, Bacon, du fond de l'Angleterre..

Le chancelier Bacon a porté sur la mémoire une attention toute particulière; il lui a assigné la place qu'elle doit occuper dans l'ordre des facultés de l'homme. Il a indiqué les *emblémes*, les *lieux communs*, les *prénotions*, comme étant les bases sur lesquelles doit reposer une méthode Mnémotechnique. (Voyez *de dignitate et augmentis scientiarum* et le *novum organum scientiarum.*)

Vers 114.

« Ont compris sa nature et prévu ses succès...

« Leibnitz, Locke, Condillac, MM. de Tracy et La Romiguière,
« ont aussi reconnu à cet art toute son importance philoso-
« phique et l'utilité dont il pourra devenir pour l'avancement
« des connaissances humaines. Mais aucun d'eux n'a songé
« à le systématiser et à en faire un corps de doctrine qui pût

« lui mériter le nom de science; on ne trouve à cet égard dans « leurs ouvrages que d'utiles aperçus. » (Journal de Caen et de la Normandie, du 11 juin 1829.)

Vers 125.

« Le sarcasme mordant fut son unique accueil...

On sait que, dès le principe, le ridicule s'attacha à M. de Fenaigle, qui, parlant mal notre langue, et n'offrant guère qu'une ébauche au public, à une époque où des intérêts majeurs captivaient l'attention générale, fut obligé de renoncer à l'enseignement de sa méthode.

Vers 147.

« Regarde ce Génois dont la course lointaine...

Tout le monde connaît l'histoire de Christophe Colomb, qui découvrit le Nouveau Monde en 1492... Cette comparaison a dû être faite bien des fois : puis-je me flatter que les expressions m'appartiennent entièrement?

Vers 156.

« Du matin jusqu'au soir on t'entoure, on t'assiége...

Je ne sais trop quels sont les momens de la journée où M. Paris n'est pas entouré de gens qui l'écoutent ou l'interrogent.

Vers 157.

« Le désir de t'entendre égalise les rangs :
« Jeunes et vieux, chacun se remet sur les bancs...

Tous les âges, tous les rangs de la société, tous les grades, toutes les professions se confondent dans l'auditoire du jeune Professeur.

Vers 159.

« Et voulant à tout prix avoir de la mémoire,
« Un essaim de beautés orne ton auditoire...

A Dieu ne plaise que je veuille ici le moins du monde porter atteinte ou faire le moindre reproche à *la mémoire* des femmes. Je me plais au contraire à rendre hommage au zèle heureux qui les a portées à venir embellir l'auditoire. Comme c'est toujours de rigueur, elles occupent les premières banquettes, et nous ne pouvons, derrière elles, qu'admirer l'élégance de leurs chapeaux : heureusement M. Paris est monté sur une estrade fort élevée.

Vers 166.

« Par un propos heureux le tien nous divertit...

La présence d'esprit, jointe aux connaissances infiniment variées de M. Paris, lui fournit, quand il le faut, une foule de mots heureux, d'anecdotes qu'il raconte toujours d'une manière neuve et piquante, et qui se rattachent aux sujets qu'il explique.

Vers 170.

« S'étonne, en s'amusant, de faire des progrès...

S'amuser, verbe un peu trivial, mais qui rend parfaitement mon idée.

Et miscuit utile dulci.

Hor.

Vers 176.

« Souviens-toi de Colomb et pense à Galilée...

On sait que Galilée expia dans les cachots

L'impardonnable tort d'avoir trop tôt raison.

Ce vers me revient à la mémoire ; mais je ne me rappelle pas bien sûrement le nom de l'auteur. J'ai lieu de croire cependant qu'il est de Casimir Delavigne, et qu'il peut bien se trouver dans l'Épître où l'auteur du Paria se permet d'assurer à l'Académie française que

Les sots depuis Adam sont en majorité.

Je demande pardon à mes lecteurs de cette hésitation : je n'avais pas encore appris à mnémoniser. Je serai plus heureux à l'avenir.

Metz, Ch. DOSQUET, Imprimeur du ROI.

www.ingramcontent.com/pod-product-compliance
Ingram Content Group UK Ltd.
Pitfield, Milton Keynes, MK11 3LW, UK
UKHW020539230726
13925UKWH00006B/2364